FANTASMAGORIA e PRIMEIROS POEMAS de LEWIS CARROLL

Ilustrado por
AB Frost e Lewis Carroll

Traduzido por
José Francisco Botelho
e Paula Taitelbaum

SUMÁRIO

PREFÁCIO *por Caio Riter* 6

PARTE 1 **FANTASMAGORIA** 10
{CANTO I}   O ENCONTRO.. 12
{CANTO II}   AS CINCO REGRAS................................. 20
{CANTO III} ESCARAMUÇAS 28
{CANTO IV}   SUA CRIAÇÃO... 36
{CANTO V}   EMBATE 46
{CANTO VI}   BARAFUNDA 54
{CANTO VII} TRISTE REMINISCÊNCIA..................... 64

PARTE 2 PRIMEIROS POEMAS 70
Minha Fada 72
Pontualidade 74
Melodias 76
Irmão e Irmã 78
Fatos 80
Regras e Regulamentos 81
Horrores 84
Mal-entendidos 85
Aconteceu num Belo Dia 86
As Baladas Pesarosas Nº 1 88
Os Dois Irmãos 92
No Brejo Solitário 100
O Palácio dos Farsantes
Casos de Mistério, Imaginação e Humor Nº 1 104
Uma Fábula 108
Conto de uma Cauda 110
O Cabeça-dura 114

SAIBA MAIS 118

PREFÁCIO

Sem um pingo de razão
Caio Riter

Não sei ao certo quando me encontrei pela primeira vez com a literatura de Lewis Carroll. É provável que tenha sido em meus primeiros mergulhos nas páginas escritas, ou não. Ou quem sabe eu tenha perdido mesmo o rumo da história, da minha história de leitor, assim como ocorreu com a menina que, ao perseguir um coelho apressado, teve a oportunidade de enveredar pelo País das Maravilhas. Sempre me atraiu o périplo de Alice que, curiosa, envereda por um buraco e vai parar em um mundo avesso a qualquer lógica. Desde a primeira vez, das muitas, em que acreditei ser possível perseguir coelhos e sonhos.

E eu não consigo saber o porquê de tal fascínio.

Talvez não o saiba exatamente por não haver qualquer razão, qualquer lógica nos universos urdidos pelo autor inglês que, junto com Edward Lear, deu vida a mundos em que impera o *nonsense* – essa sensação de sonho, de pesadelo, de descompromisso com o real. Quando se aceita o convite para viver as vidas que os personagens de Carroll propõem, não se pode esperar por tramas racionais, daquelas em que a lógica do real se sobrepõe.

Não.

Ao contrário.

A palavra literária carrolliana, quer poética, quer narrativa, nos isca, nos atrai, nos envolve e já não há como deixar de experimentá-la. Creio que comigo foi isso que aconteceu. Sei que, quando me deixo enlaçar por Carroll, não encontrarei o cotidiano de forma prosaica. Sei que o escritor irá, a todo momento, me surpreender com inusitados arranjos linguísticos e também com eventos inesperados. Me torno arisco, mas arrisco.

São, pois, esses ecos alicianos que encontraremos nos poemas que fazem parte deste livro, embora eles tenham sido escritos antes de Lewis Carroll presentear a jovem Alice Liddell com *As Aventuras de Alice no Subterrâneo*, primeiro título dado ao livro que ele escreveu e ilustrou de forma artesanal, atendendo ao pedido de sua amiga mirim, que o incitou a escrever a história que ele havia contado a ela e às irmãs durante um passeio pelo Tâmisa. Foi assim que nasceu *Alice*, a obra mais famosa de Carroll.

Todavia, neste livro, a palavra do criador de Alice se organiza de maneira poética: o jogo de palavras e o *nonsense* nos tomam e nos atraem para uma brincadeira que pode até parecer ingênua, mas que não é nada boba. Não importa o sentido (o leitor que o dê, se lhe agradar, parece dizer o autor), mas sim as sensações que os versos, a maioria deles narrativos, propiciam (tem tanta gente esquisita solta pelos poemas).

Situações do cotidiano das crianças inglesas da época, mas também das de hoje, são exploradas por um olhar diferenciado que tende ao humor e à construção de cenas inverossímeis, que nos desacomodam e nos fazem mergulhar no universo da desrazão, em que o inesperado vem para deslocar nosso *olharação* e nos fazer ver o prosaico através de um viés inusitado.

E agora percebo, relendo o parágrafo anterior, que me deixei tomar pelo jogo verbal do escritor inglês e produzi uma palavra-valise: *olharação*, uma fusão das palavras *olhar* e *coração*. Olha-se com os olhos, mas também se vê com o coração. Olha-se, percebe-se e parte-se para a ação. Uma palavra-valise é sempre mais. Conceito, aliás, criado por Carroll em *Alice através do espelho e o que ela viu lá*, quando Humpty Dumpty explica para a jovem que uma palavra-valise traz "dois significados embrulhados numa só palavra". Isso não é demais?

Então.

É este entendimento que encontramos na literatura de Carroll: literatura é libertar as palavras de sua casca utilitária, sem qualquer preocupação com seu significado de dicionário, mas sim com o jogo sonoro que ela é capaz de propor e com a potência de abrir-se a outros sentidos que não os convencionais. Ou até não fazer sentido algum.

Assim, no divertido diálogo entre um fantasma e o habitante de uma casa, percebe-se a intenção de Carroll de brincar com uma situação sinistra, mas divertida, já que se fundamenta em um grande engano, além de questionar, de certa forma, algumas situações sociais. Em seus poemas iniciais, escritos para seus irmãos menores, quando Carroll tinha apenas treze anos, o autor busca divertir seus primeiros leitores, ao mesmo tempo em que critica a sociedade e as histórias infantis, tão comuns na época. Histórias cheias de moral adulta que pretendiam "domar" os pequenos. Algo que a Carroll parece incomodar.

A poesia do autor de *Alice* não pretende ensinar. Quer mais é seduzir, divertir, jogar com os sentidos. Por isso, é poesia grande. Por isso, me envolveu e segue envolvendo. Tanto que, hoje, sou um colecionador de *Alices* e de tudo mais que Carroll criou.

Assim, aceite o convite de *Fantasmagoria e Primeiros Poemas de Lewis Carroll* e se deixe encantar (como eu me deixei) pelas palavras deste autor.

PARTE 1

FANTASMAGORIA

{CANTO I}
O ENCONTRO

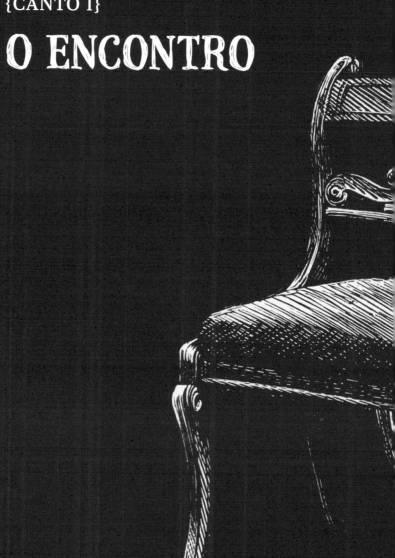

Numa noite de inverno, às nove e meia,
Todo sujo, com frio e irritado,
Cheguei em casa, tarde pra jantar,
Mas charutos, vinho e manjar
Esperavam-me no escritório ao lado.

Havia uma estranheza no recinto
Alguma Coisa branca e ondulada
Perto de mim, no canto retinto
Pensei: "Meu criado, o João Pinto,
Deixou a vassoura encostada!"

Mas então a Coisa ali atrás
Começou a espirrar loucamente;
Eu disse: "Basta, meu rapaz!
Você por acaso seria capaz
De fazer silêncio assim de repente?!"

A Coisa disse: "Estou resfriado
Peguei frio no degrau da frente"
Voltei-me a olhar, embasbacado
E bem junto a mim, parado,
Estava um Fantasminha doente.

Ao ver que eu o fitava, estremeceu
E escondeu-se atrás de uma cadeira
"Como chegou aqui?" Não respondeu.
"Que fantasminha mais tímido, meu Deus!
Que quer? Chega dessa tremedeira!"

Ele falou enfim: "Tenha paciência,
Pois vou lhe revelar o como e o porquê
Mas..." (fez uma pequena reverência)
"Você vai achar que é tudo uma demência.
E tenho medo de irritar ainda mais você.

"E se tremo, escondido aqui no fundo,
Permita-me comentar, de antemão,
Que Fantasmas têm todo o direito do mundo
De sentir o mesmo medo profundo
Que Mortais sentem da escuridão."

"Nada a ver", eu disse, "É covardia:
Pois Fantasmas surgem ao seu bel-prazer
Já quando o espectro chega numa moradia
O Mortal não consegue recusar sua companhia
E diante disso nada pode fazer."

Ele disse: "Eu me assustei um pouquinho
Não é coisa assim tão esquisita
Você estava irritado, queria vinho
Mas agora está aí tão calminho
Que contarei as razões da minha visita.

"Todo lar é classificado
De acordo com a soma de assombrações
Que nele pode ser acomodado
(E o inquilino é só um fardo pesado
Como madeira, palha ou carvões).

"Esta é uma casa de 'um-fantasma-só'
E no último verão, logo na sua chegada,
Você deve ter notado, antes de tirar o paletó,
Que em meio aos móveis cheios de pó
Lhe deu as boas-vindas uma alma penada.

"Esse é o costume em toda casa rural,
Mesmo quando o aluguel é barato.
Claro, há menos diversão paranormal
Quando só cabe um fantasma no local,
Mas é preciso aceitar esse fato.

"O outro espectro foi-se há uma temporada;
E desde então ninguém assombrou a mansão
Como nossa instituição não foi comunicada
Simplesmente não foi feito nada
E você ficou sem assombração.

"Um Espectro é sempre o preferido
No preenchimento de uma vaga
Logo depois vem o Duende, o Elfo, o Cupido,
E, se esses forem preteridos,
Um Gollum saído de uma saga.

"Os Espectros disseram que sua casa era ruim
E que seu vinho era uma porcaria
Como vê, acabou sobrando pra mim
Fui o fantasma escolhido, no fim,
E não pude recusar tal 'honraria'."

"Decerto", eu disse, "o eleito
Foi o que tinham disponível, viu?
Um pirralho todo sem jeito
Para assombrar um homem feito.
E isso não é um elogio!"

Ele disse: "Não sou tão jovem, senhor;
Embora possa até parecer
Já andei por grutas de rios, no interior,
Por lugares ermos, de muito calor,
Tenho experiência, pode crer.

"Porém, até o atual momento
Não cumpri tarefa domiciliar
E na confusão, como sou desatento,
Esqueci as cinco regras de comportamento
Que é preciso, ponto a ponto, decorar."

Eu começava a simpatizar com o avoado
Ele tinha até certo encanto e era singelo
Mas parecia de todo apavorado
Por um humano enfim ter encontrado;
Estava trêmulo e amarelo.

"Enfim", eu disse, "é ótimo ter conhecimento
De que ser fantasma não é maldição
Sente-se, sirva-se a contento
Está com fome, está sedento?
Já jantou? Pois eu ainda não.

"Eu sei que é bem esquisito
Oferecer comida a uma alma
A questão é que estou aflito
Para saber das regras dos Espíritos
Então conte-me agora com calma."

"Vou lhe contar, tenha certeza.
E pela bondade, sou muito grato."
Eu perguntei: "O que deseja?"
"Já que oferece" – olhou a mesa –
"Um pedacinho desse pato.

"Só uma fatia! E se não for abuso
Um pouco do molho rosa."
Olhei-o então meio confuso
Pois nunca vira algo tão difuso
Nem coisa assim tão vaporosa.

E ele ficou mais difuso e embranquecido
Mais vaporoso, sinuoso e sebento –
No lume incerto e estremecido
Ao recitar, com um bramido,
As "Máximas do Comportamento".

{CANTO II}

AS CINCO REGRAS

"Primeira Regra – e não tema nada
Nem que eu esteja armando um enleio –
Se a vítima estiver deitada
Deixe a cortina intocada,
Pegue as cobertas pelo meio;

"Puxe pra cá, puxe pra lá,
E por fim derrube o cobertor;
E num instante você verá
Que uma cabeça se levantará
Cheia de espanto e furor.

"Não faça nada então – é feio –
Nem a menor observação
A vítima deve falar primeiro
Pois um fantasma verdadeiro
Não inicia uma conversação.

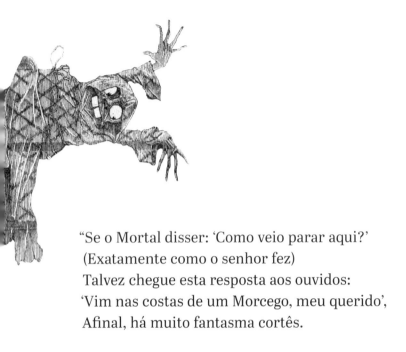

"Se o Mortal disser: 'Como veio parar aqui?'
(Exatamente como o senhor fez)
Talvez chegue esta resposta aos ouvidos:
'Vim nas costas de um Morcego, meu querido',
Afinal, há muito fantasma cortês.

"Mas se o dono da casa ficar calado,
O método deve mudar:
Sacuda a porta, fique alvoroçado.
Caso ele ronque e vire de lado
Nada resta, a não ser lamentar.

"De dia, se ele estiver desacompanhado
Sozinho em casa, ou a passear,
Solte um grunhido esganiçado
Para mostrar o tom ritmado
Com o qual você quer conversar.

"Mas se ele estiver com os amigos
A coisa ficará bem mais tensa
Preste atenção no que eu lhe digo:
Será preciso velas de candelabros antigos
E uma porção de manteiga da despensa.

"Com isso você fará um sebo gosmento
Para deslizar como num trenó
Poderá se balançar nesse unguento
De lá pra cá, de cá pra lá, fora e dentro
Armando um grande quiprocó.

| 23

"Agora a Segunda Regra, preste atenção!
Diz respeito a encontros mais formais
'Acenda um fogo púrpura ou azulão'
(Aliás, esqueci disso nessa ocasião)
'E então arranhe a porta e os umbrais'."

Eu respondi: "Vá já para fora,
Nada de fogo no assoalho!
Nem pense nisso a essa hora.
Quanto à porta, comece agora:
Eu lhe desejo um bom trabalho!"

"A Terceira Regra, juro que é verdade
Serve para proteger os Mortais,
Sempre tratá-los com seriedade,
Proteger sua integridade
E não os contradizer jamais."

"Verdade seja dita!", eu exclamei
"Lembro que num tempo passado
Alguns fantasmas que encontrei
Não seguiam à risca essa lei
E eram muito mal-educados."

Disse: "Na certa, a sua desdita
Foi ter rompido as leis da hospitalidade
Todo Fantasma se irrita
Quando um Mortal trata a visita
Sem a devida cordialidade."

"Se o Mortal, por precipitação,
Chama um fantasma de 'Coisa ruim'
Ou joga um machado em sua direção
Nosso Rei permite encerrar a conciliação
E o Mortal suspirará: 'Ai de mim!'".

"A Quarta Regra veta a invasão de local
Onde outro fantasma já esteja instalado.
Espectro que o fizer, vai se dar mal
(E a não ser que o Rei perdoe o tal)
Ele será sumariamente executado.

"A execução é ser cortado em pedacinhos:
Mas Fantasmas têm poder de regeneração
Rapidamente juntam suas partes sozinhos.
Sem dor, num sentimento igualzinho
A cortar palavras numa revisão.

"A Quinta Regra é repleta de louvor
Por isso, vou recitá-la inteira:
— Trate o Rei como 'Meu senhor'
Claro, todo súdito conhece esse clamor
A lei magna exige essa boa maneira:

"Mas se quiser escancarar de vez
Chame-o de 'Meu Rei-Duende!'
Com a mais extrema polidez,
E sempre use 'Vossa Gloriosa Palidez'
Pois dessa forma o Rei entende.

"E agora, de falar eu finalmente paro
Pois já estou quase sem voz, rouco
E se não se opõe, meu caro
Dê-me um gole de cerveja do jarro
Que de sede estou quase louco."

{CANTO III}
ESCARAMUÇAS

"E você veio caminhando?" Perguntei,
"Sob mau tempo, em meio a agruras?
Eu que achava que voar era lei
Para todos, o Fantasma e seu Rei
Nem que fosse em baixa altura."

Ele me disse: "O Rei dos Fantasmas
Voa alto, bem alto, acima da cidade.
Mas saiba que são caras, as asas,
E assim como muitas coisas das casas
Custam mais do que valem de verdade.

"Os Espectros são ricos e, assim,
Poderiam comprar asas de Grifos gigantes
Mas como eles são uma companhia ruim
Preferimos uma caminhada sem fim
A negociar com seres tão arrogantes:

"Pois embora afirmem que têm respeito
A verdade é que tratam Fantasmas como ralé,
Sentem por nós o maior despeito;
São como um peru que infla o peito
Ao passar por um simples garnisé."

"Parecem orgulhosos demais para entrar
Em uma morada mortal como a minha."
Eu disse. "Como então podem afirmar
Que meu vinho é ruim de tomar
E que minha casa é de 'segunda linha'?"

"O Inspetor Barometo veio do além."
O pequeno Fantasma começou.
Interrompi: "Inspetor quem?
Inspecionar fantasmas? Escutei bem?
Explique, meu rapaz, o que falou."

"Inspetor Barometo!" Falou o hóspede pra mim.
"Ele é da grande ordem espectral;
Usa bata amarela e um manto carmim
E também um gorro com borda de cetim
Essa é sua roupa de passeio habitual.

"Ele assombrava um monte nevado
E lá se resfriou barbaramente;
Veio à Inglaterra para ser curado
Virou um espírito assedilhado
E agora bebe incessantemente.

"Vinho do Porto, diz ele, é encorpado,
Aquece a ossada de uma velha vida
E sendo o bar o seu lugar mais amado
De *Bar-o-meto* passou a ser chamado
Pois vive metido em meio à bebida."

Eu aguentei firme, com louvor
O trocadilho infame e agonizante!
Estava doce o meu humor
Mas então o Fantasma, sem pudor
Ao cardápio fez críticas picantes:

"A parcimônia, admito, tem valor,
 Mas sugiro que ensine seu cozinheiro:
 Os pratos devem ter algum sabor.
 E diga-me por que – por favor –
 Esconderam de mim o galheteiro?"

"O seu garçom é péssimo, indolente!
 Devia procurar outra carreira!
 E este lampião tão fraco e displicente?
 Devia pedir auxílio ao gerente
 Porém não vou chamá-lo, por tal besteira.

"O pato estava bom, até macio,
 Mas essa ervilha está muito passada;
 E sem querer ferir seu brio,
 Cuidado para o queijo não vir frio
 Quando trouxer minha torrada.

"Talvez consiga um pão mais saboroso
 Se procurar farinha de primeira;
 E o vinho pode ser menos rançoso,
 Pois está um caldo horrível e amargoso
 Parece até uma tinta grosseira."

E então curiosamente olhando a sala
Disse: "Mas que situação chocante!"
E prosseguiu então a criticá-la:
"Tão inapropriada quanto uma vala
Não é espaçosa e nem aconchegante.

"E essa janela estreita? Serve pra deixar
O crepúsculo entrar, de modo drástico?"
E eu disse: "Veja bem, vamos lembrar,
O arquiteto que fez esse lugar
É seguidor de Ruskin, o romântico!"

"Não quero saber quem projetou a morada
Tampouco a sua fé de militante!
Seja qual for a regra observada,
Jamais vi coisa mais mal ajambrada,
Ou não sou uma Aparição falante!

"Este charuto me deixou maravilhado
Quanto custa uma dúzia desse mimo?"
"Não interessa!" Eu rosnei irritado
"Você está sendo muito abusado
Fala como se fosse meu primo!

"Eu não tolero mau comportamento,
 Gente descarada é uma tristeza."
"Aha!" ele disse, "Que temperamento!
"Mas tudo bem, eu já dou um jeito"
 E agarrou uma garrafa da mesa.

Então mirou em mim, detidamente
Atirou o objeto e, foi por um triz;
Tudo aconteceu tão de repente:
A garrafa voou na minha frente
E quase acertou o meu nariz.

E, depois disso, não recordo nada.
No chão, sentado, olhando os próprios pés,
Com a cabeça toda bagunçada –
"Dois mais cinco são três", eu balbuciava,
"E nove mais noventa é igual a dez."

O que ocorreu? Não descobri,
Tampouco posso adivinhar:
Mas acordei no chão e vi
O fogo já a se extinguir
E o lampião a se apagar.

Em meio às névoas, senti que eu via
Uma Coisa a sorrir com confiança;
Percebi que essa Coisa discorria
E me dava lições de Biografia
Como se eu fosse uma criança.

{CANTO IV}
SUA CRIAÇÃO

"Ah, que tempos alegres, quando eu era
Um frágil Fantasminha moço
E sentávamos nos bancos, à espera
De torradas com manteiga, quem me dera!
Servidas no chá depois do almoço!"

"Eu recordo essa história!", respondi
"É um conto que já foi publicado;
Em um livro bem famoso, eu já li."
Dizendo isso, acho que o confundi
Pois o Fantasma falou: "Está enganado."

"Não foi em *Fábulas Encantadas*?
Acho que sim, tenho essa lembrança:
Três Fantasminhas na beira da estrada
Besuntavam manteiga na torrada
Na hora do chá, pra encher a pança.

"Eu tenho o livro aqui... vamos olhar..."
 E até a estante me dirigi então.
"Não se mexa!", ouvi o Fantasma gritar.
"Não é preciso. Vamos continuar;
 Porque este poema é minha criação."

"Saiu numa Publicação Mensal,
 Foi o que disse o meu agente,
 Um figurão do mundo cultural,
 Que achou meu poema bem legal
 E o pôs em sua revista, gentilmente."

"O meu pai era um Duende-da-Fazenda,
E a minha cara mãe era uma Fada
Ela teve uma ideia estupenda:
Nossa vida viraria lenda
Se tivéssemos formas variadas.

"Essa ideia a botou em polvorosa;
E ela logo iniciou a sua missão:
Uma irmã virou Fada-Nebulosa,
Duas, Fadas-Funéreas, tenebrosas,
E Duende-Cogumelo, um dos irmãos.

"Também havia um Silfo e um Potro-pitoresco
Que na escola só trouxe problema;
Um Poltergeist, um Trasgo-Vampiresco
Um Duplo*, e um Gobelim bem grotesco
Depois dois Trolls (quebrando o nosso lema);

*Duplo, no original Double, tem origem no folclore alemão e se refere a uma aparição de um ser que ainda está vivo. Ou seja: não é um fantasma, mas um duplo espiritual, uma réplica exata e invisível de uma pessoa ou de um animal, que existe em outro plano.

"(Se isso é uma caixa de tabaco,"
 Ele falou soltando um bocejo colossal
"Quero pitar, me dê-me um naco) –
 Então veio um Elfo meio fraco,
 Um Fantasma (era eu) e um Leprecau.

"Uns Espectros vieram visitar,
 De branco, todos, como era usual;
 Do corredor, fiquei a espiar,
 Porém, não conseguia divisar
 As formas desse bando surreal.

"Perguntei-me quem era aquela gente,
 Tão cabeçuda, e o corpo tão comprido.
 Mamãe me beliscou: é impertinente
 Ficar olhando assim fixamente;
 Que feio, um fantasminha intrometido!"

| 41

"Desde então desejei ser um Espectro;
 Mas tal desejo é vão, tenho certeza."
 (Suspirou com o rosto circunspecto.)
"Eles são os fantasmas-da-nobreza:
 Nos olham com desprezo e sem afeto.

"A vida-fantasmal eu comecei
 Com seis anos ainda incompletos;
 Com meu irmão mais velho eu aprontei
 Tanta coisa! Nem tudo eu contarei,
 Mas aprendi uns truques muito espertos.

"Assombrei calabouços e cemitérios,
 Torres, mansões, conforme era enviado.
 Passei horas só, a berrar impropérios
 No teto, sofrendo com as intempéries,
 Em algum antigo castelo cercado.

"Mas, hoje, ao iniciar uma conversa,
 Soltar gemido é coisa ultrapassada.
 A nossa nova moda agora é essa..."
 Senti um suor frio na minha testa
 Ao ouvi-lo guinchar com voz rasgada.

"Talvez o senhor ache", ele falou,
"Que é fácil produzir um som assim?
Então tente o senhor!" E acrescentou:
"Um ano mais ou menos me custou
Treinando dia não, e dia sim.

"E depois que aprendemos a guinchar
Com o soluço duplo especial,
Ao início teremos que voltar:
Vamos lá, tente agora vociferar;
Verás que é um desafio sem igual!

"Eu já tentei, e posso garantir,
 Não é pra qualquer um. É necessário
 Treinar o tempo inteiro, sem dormir,
 Repetir, repetir e repetir,
 Ou ter algum talento extraordinário.

"Shakespeare, se não me engano
 Fala dos Fantasmas da antiguidade
 Que vagavam pelo Império Romano
 Vestindo, eu lembro, somente um pano
 Murmurando de frio pela cidade.

"Muitas vezes, mais de cem libras gastei
 Para me vestir de Duplo, a aparição;
 Recebi elogios feito um rei,
 Cumprimentos vazios, eu sei
 Que não valem nenhum dinheirão.

"Vendo as contas, perdi a ilusão
 De querer ser um dândi o tempo inteiro.
 Pois gastamos fortunas de roldão
 Pra preparar nossa assombração
 É preciso ser feito de dinheiro!

"Uma Torre Assombrada, por exemplo,
 Com caveira, lençol, ossos cruzados;
 Luzes azuis, que ardam por um tempo,
 Uma a duas horas; mais lentes de aumento,
 E correntes com elos reforçados.

"E as coisas que é preciso contratar!
 Vestir o figurino complicado!
 O fogo colorido experimentar!
 Tudo isso até haveria de deixar
 O próprio Jó exausto e irritado!

"E o Comitê das Casas Assombradas
 É cheio de firulas e vaidades!
 Fazem escândalo, se a alma penada
 For da Rússia ou França; e que zoada
 Se o sujeito for do Centro da cidade.

"E é preciso estar atento ao vocabulário:
 As gírias irlandesas? Não e não.
 E depois que se faz o necessário,
 Uma libra por mês é o salário
 E você vira então Bicho Papão!

{CANTO V}
EMBATE

"E as vítimas jamais são consultadas?"
Perguntei. "Cortesia pressupõe
Que as preferências sejam respeitadas.
Pessoas têm opiniões variadas
Especialmente sobre Aparições."

Balançando a cabeça, ele sorriu.
"Consultá-las? Jamais! Isso é besteira.
Até porque onde é que já se viu
Contentar cada ímpeto infantil?
Não teria mais fim a trabalheira."

"É claro, não podemos permitir
Tudo o que a criançada nos impõe"
Eu disse. "Mas havemos de convir
Que um homem como eu há de exigir
O direito de emitir opiniões."

Respondeu: "Não funciona desse jeito.
Visitamos a casa por um dia;
Talvez a gente fique por um tempo;
Ou talvez vá embora num momento.
Pessoas têm estranhas fantasias!

"Não consultamos nunca o 'Hospedeiro'
Antes que a casa seja visitada
Mas se o Fantasma é lento ou encrenqueiro,
Ou se for do tipo grosseiro,
A assombração pode ser trocada.

"Mas se o anfitrião for como você –
Um homem assim tão sensato;
E se a morada já estiver demodê..."
Foi então que eu disse: "O quê?
Só velharias convêm a seus atos?"

"Casas novas nos dão muito trabalho –
Pois precisam ser azeitadas antes;
Vinte anos é o tempo que o assoalho
Leva para ficar todo em frangalhos.
Antes disso, é muito estressante."

"Azeitar a casa"? Eu, cheio de estranheza,
Fiquei a repetir essa expressão.
"Amigo", eu disse, "tenha a gentileza
De explicar o sentido com clareza
E, se puder, com toda exatidão."

"Significa afrouxar as dobradiças",
 Disse o Fantasma, rindo, entusiasmado.
"Abrir furos nas tábuas, nas treliças,
 Para a casa ficar menos maciça
 E o vento correr ali bem encanado.

"Às vezes basta abrir um ou dois furos;
 É o bastante pro vento assoviar
 Pelas peças, no claro e no escuro;
 Mas aqui", ele disse, e eu tive engulhos
"Teremos muita coisa pra furar!"

Eu disse: "E se tivesse me atrasado?"
E então tentei sorrir (mas foi em vão)
"Todo esse tempo você teria passado
 Deixando o recinto mais *azeitado*
 Soltando portas e furando o chão?"

"De forma alguma", disse. "Na verdade
Eu teria esperado mais um pouco...
Um Fantasma que tenha dignidade
Não age e muito menos invade
A menos que ele esteja meio louco.

"Como estava atrasado, o mais decente
Teria sido logo eu ir embora;
Mas com estradas ruins e inclementes,
Recebi permissão do Intendente
Para ficar aqui mais meia hora."

Perguntei: "Quem é esse Intendente?"
Em vez de responder a tal questão
Disse: "Não sabe? Então de repente
É possível que na cama você nunca se deite
Ou que tenha excelente digestão!

"Se um Mortal exagera no jantar,
À noite ele vai sentar-se no seu peito
Seus deveres são beliscar e cutucar,
Ou apertar até quase sufocar."
(E eu logo murmurei: "Ora, bem-feito!").

"E quem janta comida tão pesada,
Torresmo, ovo, pato e parmesão.
Queijos variados e lagosta assada
Ou ainda leitão ou rabanada
Há de sentir no ventre sua pressão.

"E ele é imensamente gordo,
O que é adequado à profissão:
Anos atrás – lembro – nós todos
Demos a ele um apelido bobo:
O Chefe da Corporação!

"No dia em que a população o elegeu
Todo Fantasma e Assombração
Queria votar em mim, mas não se atreveu –
Pois berros horrendos ele deu
Cheios de desespero e comoção.

"Ele foi correndo ao Rei contar sua proeza
Assim que a eleição foi decidida
Mas sendo o oposto da magreza
Não foi nenhuma moleza
Terminar aquela corrida.

"Então, para recompensá-lo pela maratona
(Estava o dia mais quente do ano
E ele pesava mais do que vinte pedronas)
O Rei, com o riso vindo à tona,
Sagrou-o Cavaleiro Provinciano."

"Mas vejam só, quanta ousadia."
(Falei em voz veloz, fagueira)
"Um trocadilho ele queria:
Mas homem que trocadilha – Johnson dizia –
Também sabe bater carteiras."*

"Homem", ele disse, "Rei não é".
Eu até tentei argumentar
Usando toda a minha fé,
Mas o Fantasma ali de pé
Sorria a me desdenhar.

*Há uma famosa frase atribuída ao
escritor Samuel Johnson (1709-1784):
"A man who would perpetrate a pun would
have little hesitation in picking a pocket."

Por fim, perdendo a paciência,
Soltei profunda baforada.
"Seu argumento tem prudência,
Mas chamar isso de evidência
É certamente uma piada."

A risada que ele deu
Despertou minha fúria animal
"Desafio o mais cético ateu
A contrariar a voz de Deus:
Homem e rei são tal e qual!"

"Concordo, e não me leve a mal",
Respondeu com sua voz rouca.
"A voz do povo é a voz divinal,
Mas outro ponto capital:
A voz do polvo é meio louca."

{CANTO VI}
BARAFUNDA

Como aquele que se esforça pra escalar
Pela primeira vez uma montanha
E logo começa a se cansar
Deseja estar em outro lugar
Achando a coisa meio estranha:

Mas que, tendo começado, segue em frente
E nem ousa abandonar a empreitada
Na escalada, olha o cume, ciente
De que há uma cabana quente
Onde dará uma boa descansada.

E ao subir fica ofegante e suarento,
Paciência e força são coisa rara;
E quanto mais escala, mais violento
Fica seu linguajar e seu pensamento
Enquanto a respiração quase para.

Enfim ele chega ao seu destino
Lá no cume, abre a porta da morada
E entra vacilante como um menino
Então, veja só que desatino:
Cai de costas ao receber uma bofetada.

Como num sonho, vai despencando
Pelo mesmo caminho encarpado,
Peso morto, rolando e rolando
Varrendo o chão, se esfolando
Até aterrissar no descampado.

Assim eu argumentei o máximo possível
Sendo racional com a Aparição
Mas foi um diálogo de outro nível
Um humano seria mais compreensível;
No entanto, não mudei minha posição.

Mantendo o meu ponto de vista
E tentando fazer jus ao meu diploma
Tentei colocar a verdade em revista
Reuni meus conhecimentos numa lista
E juntei tudo num único axioma:

Ao falar, começava cada sentença
Com "portanto", "porque" ou "somente",
Como um cego, vaguei sem pedir licença
Por um labirinto sofístico, de forma densa;
Sem saber onde estava, inconsciente.

E ele me disse: "Quanta abobrinha!
Chega de besteira, já é o bastante!
Você não dorme com as galinhas?
Um velho com tanto boi na linha
Jamais foi visto antes!

"Você parece até certo sujeito
Que conheci um dia, tão furioso
Ao discutir, soltava fogo, sem respeito
Até chamuscou o próprio peito."
E eu respondi: "Mas que curioso!".

"Sim, eu concordo, é curioso,
 Todavia, é um relato bem real
 Tão real quanto seu nome formoso:
 Dom Venceslau Barroso."
"Mas não me chamo Venceslau!"

"O quê?" Gritou, e sua entonação
 Era bem menos animada.
 "Meu nome é Venelau Barrão"
 Ele soltou uma exclamação:
 "Então estou NA CASA ERRADA!"

Com isso, um murro ele acertou
Na grande mesa de carvalho
"Por que você não me contou
Há meia hora, ele bradou,
"Ó Rei de Todos os Paspalhos?"

"Caminhar pela escuridão
De paletó, por chuva e lodo
E descobrir que foi em vão
Que tudo terá repetição
É o mais terrível dos engodos!

"Chega!" Gritou a Aparição
Quando tentei me desculpar.
"Não há paciência, nem perdão
Para tamanho rufião,
Um imbecil total, sem par!

"Por que não disse duma vez
Que esta não era a casa certa!
Que infâmia, quanta mesquinhez!
Vá já pra cama! Um, dois, três!
Não fique aí de boca aberta!"

Então falei de rompante,
Quase perdendo o tino:
"Você está muito irritante
Por que não perguntou antes
O nome que sempre assino?

"Acredito que foi uma dureza
Andar na chuva e pelo breu –
Mas fui eu que causei essa tristeza?"
Ele disse: "Bem, bem, com certeza
Esse argumento me convenceu.

"O senhor teve a decência
De oferecer um ótimo vinho;
Perdoe o surto e a violência.
A gente perde a paciência
Quando se enrola no caminho.

"A culpa é minha, é meu o fardo
Aperte a mão, Seu Vladislau!"
O nome ainda estava errado,
Porém deixei isso de lado,
Porque, afinal, não foi por mal.

"Adeus, Lalau! Quando eu me for,
Talvez te enviem, prontamente,
Algum Espírito inferior
Para instilar medo e pavor
Em teu cochilo, eternamente.

"Ordena que ele se comporte;
E se tentar te meter medo
Com risos, gritos, pulos, trotes,
Pega uma vara grossa e forte
E o acerta bem no meio de um dedo!

"E diz então, despreocupado:
Vais cantar noutra entonação
Se acaso fores malcriado;
Melhor então tomares cuidado
Aprenderás tua lição!

"Assim se cura alma penada
Impertinente e pueril...
Mas ainda resta madrugada
Adeus, Lalau!", então do nada,
Num piscar, ele sumiu.

{CANTO VII}
TRISTE REMINISCÊNCIA

"Será que foi tudo um sonho?", ponderei
"Uma alucinação? Embriaguez?"
Então à nostalgia me entreguei
Uma doce melancolia – até chorei
Por uma hora e meia, talvez.

"O Ossudo tinha mesmo que ir embora?"
Solucei. "E esse tal de Venceslau?
Merece uma visita a essa hora?
Eu bem queria conhecê-lo agora,
Que tipo de sujeito é, afinal?

"Se há entre nós algo parecido,
Não vai gostar de ser incomodado
De madrugada, adormecido,
Por um visitante desconhecido,
Que surge quando ele está deitado.

"Se o Ossudo deixá-lo louco,
A gritar, a pular, a espernear,
Como fazia agora há pouco,
Prevejo que isso acabará em socos
E Vladislau decerto vai ganhar!"

Mas vendo que o meu pranto não traria
O meu querido amigo fantasmal,
Decidi que outro drinque beberia
E entoei a triste melodia
Do seguinte poema-funeral:

"Onde estás, ó Fantasma bem-amado,
Ó Familiar perfeito, tão arguto!
Adeus, adeus, meu patinho assado
Adeus, chazinho e pão torrado!
Adeus, cachimbo! Adeus, charuto!

"A vida se acinzenta e perde a cor
E o próprio mel da vida fica insípido,
Quando estás longe, amigo encantador,
Velho Tijolinho – ou melhor:
Meu bom e velho Paralelepípedo!"

Parei de cantar, de modo abrupto,
Mesmo estando no poema todo imerso:
Após fazer floreio tão astuto,
Pareceu-me um tanto absurdo
Tentar aprimorar meu próprio verso.

E o que restou da madrugada
Passei entre as cobertas quentes,
Sonhando até a alvorada
Com Poltergeist e Trasgo e Fada
E Leprecaus e dez duendes!

Há anos eu não tenho visitantes
Do tipo sobrenatural
Porém ainda escuto, neste instante,
Aquela despedida emocionante:
"Adeus, Lalau! Adeus, Lalau!"

PARTE 2

PRIMEIROS POEMAS

Minha Fada

Tenho uma fada aqui, bem ao meu lado,
Dizendo que não devo cochilar.
Quando gritei de dor, agoniado,
Ela disse: "Não deves soluçar".

Quando sorri no meio de um festim,
Me disse: "Tu não deves gargalhar".
Quando uma vez pensei em beber gim,
Me disse: "Tu não deves te entortar".

Quando o meu prato estava sobre a toalha,
Ela disse: "Não deves almoçar".
Quando, afoito, marchei rumo à batalha,
Ela disse: "Não deves guerrear".

"E o que posso fazer?", gritei por fim,
Cansado de tentar, tentar, tentar.
E a fada calmamente olhou pra mim
E disse: "Tu não deves perguntar".

Moral:
"Tu não deves."

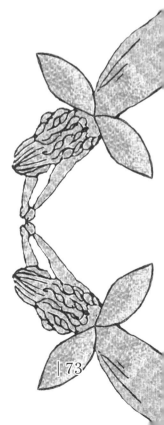

Pontualidade

Procrastinar é uma paixão profunda e antiga
E faz parte da humana natureza.
Mas tudo aquilo que se empurra com a barriga
Chega bem mais tarde, com certeza.

Que cada hora esteja sempre em seu lugar,
Firme e segura, sem mudar de lado;
Que venha sem aperto e sem sacolejar,
Como um presente bem empacotado.

E quando a hora chegar, melhor que estejas lá,
Seja *lá* onde for; de *lá* não fujas.
Não chegues de roldão, depois da hora do chá,
De cabelos desfeitos e mãos sujas.

Nem deixes pra descer às seis e trinta e cinco
Se o jantar está marcado às seis e meia;
Às seis e quinze, veste a calça e aperta o cinto
E desce antes que a mesa fique cheia.

Melhor chegar mais cedo à ocasião
Do que vir tropeçando no final.
Abrir a porta quando bate o carrilhão
É a marca de uma mente pontual.

Moral:
"Que a pontualidade, o asseio e o rigor
Capturem plenamente a hora fugaz;
Então hás de colher a mais vistosa flor
Mesmo em meio ao jardim que se desfaz."

Melodias

I.
Havia um fazendeiro em Sombraclara
Que espetou dez agulhas pela cara;
E o que dirão caso eu revele
Que furou bem mais que a pele?
Hoje ele é sacristão, que coisa rara!

II.
Havia um esquisito coronel
Que vestia um sombreiro de papel.
Era um chapéu marrom e feio
Que lhe cortava a testa ao meio;
E a culpa, ele dizia, era do Céu.

III.
Existe um bom rapaz em Vilapassa
Cuja altura, dia a dia, é mais escassa.
A razão, diz o moço,
É o seu chapéu de cocho,
Repleto de cimento e argamassa.
Sua irmã, chamada Lúcia Finerina,
Parece cada dia mais franzina;
A explicação dessa charada
É que dormiu na chuvarada,
E jantar é proibido à tal menina.

Irmão e Irmã

"Mana, maninha, vai deitar,
 Pra tua cabeça descansar!"
 Pôs-se o prudente irmão a aconselhar.

"Queres ficar sem nenhum dente?
 Ou que eu te deixe o lombo ardente?"
 Disse a irmã serenamente.

"Mana, não me deixe irritado
 Ou com você faço um ensopado,
 Um caldo bem encorpado."

Ela ergueu o rosto, fulminante,
E lhe replicou, dardejante:
"Tu e mais quantos, meliante?"

Ele correu à cozinheira
E disse: "Empresta a frigideira,
Uns dois facões e uma caldeira!"

"Tudo isso? Mas pra quê?"
"Oh, Cozinheira, não se vê?
 Quero fazer um cassoulet!"

"Vais pôr qual carne no feijão?"
"Minha irmãzinha e um salsichão.
 Me empresta a faca agora?" "Não!"

Moral:
"Jamais ensopes tua irmã."

Fatos

Se eu mirasse meu rifle no arrebol
E disparasse um tiro contra o sol,
A bala acertaria o alvo, um dia,
Mas, antes, por cem anos voaria.

Mas se a bala, alterando o próprio rumo,
Aos planetas se dirigir a prumo,
Nenhuma estrela acertarei jamais:
A mais próxima está longe demais.

Regras e Regulamentos

Breve regulamento
Contra o abatimento:
Fazendo variações
De suas ocupações,
Com bom prolongamento
Do seu divertimento,
Com vasta discussão
Da sorte da nação
E achando adequação
À sua posição,
Juntando muita gente,
Amigos e parentes,
Fugindo à amputação
E à escoriação,
Fazendo variações
Em suas conversações,
E exercitando o entendimento,
Assim se evita o abatimento.

Decore os tempos verbais,
E não gagueje jamais,
Escreva elegantemente,
Cantarole docemente,
Tenha alma ativa e ousada,
Acorde de madrugada,
Caminhe longas distâncias,
Sorria com radiância,
E complete seu sorriso
Com um vigoroso riso.
Beba chá, mas não café,
Jamais prove canapé.
Coma pão com peixe frito
E não gagueje, eu repito.

Não desperdice seus trocados,
E abstenha-se de melado.
Feche as portas, ao passar,
(Não as deixe ribombar.)
Só beba cerveja clara
E evite entrar na água
Até que aprenda a nadar.
Sente bem no seu lugar,
Junto à mesa, e cuide a vela.
Na porta, feche a tramela.
Não cause briga ou tumulto,
Enquanto não for adulto.
Não perca nenhum botão,
Não coma assado sem pão.
Mate os canários de fome,
Creia em fada e lobisomem.
Evite botar banheiras
Entre os cochos das cocheiras
De qualquer forma ou tamanho.
Seja rude com estranhos.

Moral:
"Comporte-se."

Horrores

Pensei andar por um lugar sombrio,
 Cheio de horrores tenebrosos,
 O solo cor da noite, o ar denso e frio,
 Cheio de rostos pavorosos.

Eu vi um monstro se acercar veloz,
De cara verde e repelente;
Terrível de se ver, grande, feroz,
E acostumado a comer gente.

Não consegui fugir, fiquei sem voz,
E ali tombei, paralisado.
E o monstro veio, com semblante atroz,
Cravando em mim o olhar malvado!

Em minha apavorada convulsão,
Estrangulado num gemido,
Escutei uma voz: "Acorde, João!
Estás gritando adormecido!"

Mal-entendidos

Meu pensamento foi mal compreendido:
Se assim pensasse, te diria antes.
Não deves indagar sobre o não dito,
E que esta explicação seja o bastante.
Pois instruir quem já foi instruído
Sabidamente é coisa entediante.

E para começar meu argumento,
Vou recorrer a uma observação
Que aos grandes reis serviu como armamento
Em tempos de conquista e de invasão,
E até quem pena pra ganhar sustento
Com ela há de solver dura equação.

É uma verdade tão arrasadora
Que a Razão não lhe ousa erguer um dedo;
Mas sutil como a chuva refletora
Do louro sol do estio, de manhã cedo;
E quem olha através da chuva loura
Vê brilhar um casebre no arvoredo.
Enfim: quando a ignorância é traidora,
A sapiência exibe um rosto azedo.

Aconteceu num Belo Dia

Um dia estava eu junto à lareira
(*Que gorducho esse leitão!*)
Quando um homem correu pela clareira,
(*Não é problema meu, não.*)

Quando ele veio em direção à casa,
Arfava como um pássaro sem asa.

Ao parar junto à porta, num instante,
Ficou mais pálido do que antes.

Quando na maçaneta pôs a mão,
O homem desmaiou, caiu no chão.

Quando cruzou a sala de jantar,
Novamente no chão o ouvi tombar.

Quando subiu a escada do mirante,
Desgrenhou-se, num grito angustiante.

Quando entrou no meu quarto, desnorteado,
(*Que gorducho esse leitão!*)
Trespassei-o com meu broche dourado,
(*Isso é problema meu? Não.*)

As Baladas Pesarosas Nº 1

Dia molhado: e a chuva a despencar
Espessa feito marmelo.
O galinheiro se encheu dum ribombar:
Batidas dum martelo
E dois rapazes sobranceiros;
Pela janela, dava pra enxergá-los
Cortando um velho tronco pra fazer poleiros,
Dando, a cada minuto, até cem talhos.

Findo o trabalho, enfim subiu ao ninho
Dona Galinha, e ali ajeitou os ovinhos,
Sem pensar em comê-los com toucinho
(Ao menos é o que eu acho, ou adivinho).

Cada casquinha então revolve
Para ver como está sua prole;
Depois espiou em meio às palhas
Querendo ver se havia falhas;
E circulou o galinheiro,
Temendo um rato sorrateiro;
Depois deitou-se calmamente
A descansar, muito contente,
Dobrando as patas com cuidado.
O tempo foi passando, e as cascas se quebrando,
"Sumindo aos poucos e encolhendo lindamente",

E a sábia mãe com sortilégios vai bicando,
Forçando cada ovo a expressar sua mente.
Mas, oh! "tão imperfeita é a expressão",
Algum poeta disse. Quem? Só Deus sabe.
Quem quiser descobrir, busque em outra parte.
Mas posso ao menos garantir um fato:
Do Parlamento nunca viu uma Sessão;
Se visse, com certeza apreciaria a arte
Dos oradores, seus apupos, cantos, brados;
Mudaria a opinião. Ficaria encantado.
Quanto ao nome do poeta, algo está bem claro:
Você é que não era, e muito menos eu!

Eis o que houve, um belo dia
(Belo, mas que logo ficou feio):
Na palha, um pinto estremecia,
E a sua vida se esvaía;
Já sem frescor, sem alegria,
Brincar, pular já não podia.
"É o fim da linha, amigo pinto?"
Lamuriou-se um dos meninos,
Num angustiado devaneio.
Outro rapaz (um visitante)
Dispara à gare da estação,
Cheio de medo e comoção,
Pensando em casa – urna sibilante –;
Com a passagem dupla corre
E em desespero então descobre
Que o trem partiu, e outro não veio!

Longo demais, falar de cada conjetura
– Suicídio galináceo ou ave assassinada? –
De cada esgar sombrio, das preleções soturnas,
E a vã suposição: "Morreu de uma agulhada?"
As vozes retumbando, os gritos de tristeza,
O pranto e o suspiro, o soluçar dolente,
Até que todos concordaram: "Com certeza,
O pinto se matou, e a mãe é inocente!"

Nem bem foi pronunciado o veredito,
A calma foi rompida por um grito:
Um vulto de criança entrou na multidão,
Correndo, aos prantos, com a voz aflita,
Do tipo que não vem dizer coisas bonitas,
Mas notícias de sombra e perdição.
"Oh, que cena de horror e de maldade,
De enregelar o coração mais forte!
A perversa galinha sem piedade
Bicou outro pintinho até a morte!"

Os Dois Irmãos

Havia dois irmãos na escola Twyford
E quando já estavam de saída
Um disse: "Quer estudar Grego ou Latim
Ou ainda disputar uma corrida?
Ou quem sabe subir naquela ponte
E pescar uma traíra bem comprida?"

"Sou burro para grego e pro latim,
E correr demais não é moleza,
Então vamos subir naquela ponte
E jogar um anzol na correnteza."

Montou, com duas peças, uma vara,
E na ponta fixou uma extensão;
O anzol ele tirou de sua apostila
E depois espetou-o em seu irmão.

Ao correr atrás de porcos no quintal
Meninos fazem grande gritaria
Mas nada se compara à algazarra
De um irmão jogado n'água fria.

Os peixes acorreram em cardumes
Todos loucos por uma dentada
Pois a isca era tão macia e fresca
Que lhes deu uma fome alucinada.

O outro diz: "Fique aí esperneando,
E o cardume fará um belo lanche.
Você sempre adorou me incomodar;
Saiba agora o sentido de revanche!"

O vento então lhe trouxe estas palavras:
"Que coisa horrível você fez, mermão!
Você acha mesmo que mereço
Tornar-me uma mera ração?

"Eu adoro fazer lanchinho à tarde,
Pois só ficar olhando não me agrada,
Porém levar mordidas pelo corpo
É coisa estúpida e sem graça;
Tem umas dez traíras no meu braço
E no meu joelho uma perca está grudada.

"Não estava com tanta sede assim
 E de peixes já tive o suficien... Oh, não!"
"Nada temas!", disse o outro, "haja o que haja,
 Nós estamos na mesma condição!

"Pois nosso estado é muito semelhante
 (Exceto que eu não sou boa comida)
 Pois você tem traíras aí embaixo
 E eu sou traíra nessa vida.

"Ser traíra está em mim e a traíra está em você.
 Nós somos realmente parecidos;
 Sou traidor aqui e sinto tremor em ti
 Você vai virar alimento amolecido."

"Oh, me conceda apenas um desejo
 (Pois sua isca é seu irmão, rapaz)
 Ao puxar o peixe para cima
 Seja gentil, você é capaz."

"Se esse peixe for truta, então eu devo
 Puxar com força, força redobrada;
 Se o peixe for uma perca, então eu juro
 Esperar dez minutos, e mais nada."

"Mas em dez minutos, seu irmão
 Verá o destino ser cumprido!"
"Nesse caso, vou reduzir para cinco,
 Talvez você sobreviva, mas duvido."

"Oh, duro é teu coração, para fazer isso;
 É de ferro, de granito ou de aço?"
"Não sei dizer, pois já faz muito tempo
 Que pra emoção meu coração não tem espaço.

"Pescar peixes e mais peixes era meu desejo ardente
 E assim meu coração se enchia de maldade;
 E quanto mais pescava, mais piorava,
 Engolir esses peixes era minha vontade."

"Oh, quem dera eu estivesse na escola Twyford,
 Quem sabe aprendendo Latim!" ele suspira.
"Não", o outro diz, "estás muito melhor
 Aí embaixo, no meio das traíras.

"Estás bem mais feliz, tenho certeza,
 Sem trabalho, só o de levar mordida;
 É melhor estar preso nesse anzol
 Do que ser saco de pancadas nessa vida!

"E quanto a esta vara, que eu seguro,
 E que parece prestes a tombar
 Na tua cabeça... varas já conheces
 E estás acostumado a apanhar.

"Vês esse lúcio com nariz pontudo?
 (Melhor mudar de assunto agora, eu acho),
 Olha, irmão, como sou capaz de ter amor:
 É o peixe que mais amo no riacho.

"Amanhã, eu o convido pra jantar
 (E esse nosso festim será um deleite);
 Em vez de ligação, eu jogo a linha
 E espero que você aceite.

"O lúcio ainda não foi apresentado
 À sociedade, e falta-lhe um tempero.
 Por isso acho que é o meu dever
 Temperá-lo com gosto e muito esmero."

'

O vento soprou muitas palavras como "cruel" e "gentil",
E até "o homem sofre mais que os bichos":
Cada palavra foi com paciência escutada,
E respondida com calma e capricho.

"O quê? Acha melhor que o peixe nade
Do que fique num prato acomodado?
Na Natureza acaso há algo mais belo
Que um filé cintilante e temperado?

"O quê? Mais belo é ver peixes pulando
Nas águas, rebrilhantes e faceiros?
Que ideia mais idiota! Que burrice!
Bem melhor que soltá-los é comê-los.

"Há muita gente que só tagarela
Sobre a terra tão bela e o firmamento;
Sobre os mares, as aves, as criaturas,
Elogiando a Vida e o Movimento.

"Como todo prazer que vem dos olhos,
 Eu acho que isso tudo é bem legal;
 Mas pescar um salmão é mais precioso
 Que todo o vasto mundo natural!

"Dizem que toda mente esclarecida
 Adora os animais e a natureza;
 Mas de que serve a mente a quem não gosta
 De jogar um anzol na correnteza?

"Deixem-me sem amigos e sem casa;
 Peguem todo o dinheiro da poupança;
 Tudo bem; mas proíbam pescaria
 E ficarei sem viço ou esperança!"

A irmã dos dois então saiu de casa
 Pra ver o que faziam os garotos,
 E assim que viu aquela cena horrível
 As lágrimas correram por seu rosto.

"Oh, meu irmão, que estranha pescaria;
 Por que a tua isca grita assim?"
"É um pombo de cauda espevitada,
 Porém ele não quer cantar pra mim."

"Quem espera que um pombo cantarole
Só pode ter minhocas na cachola.
Mas o bicho que eu vejo ali embaixo
Não tem as plumas de uma pomba-rola!

"Oh, meu irmão, que estranha pescaria;
Por que a tua isca grita assim?"
"É o nosso caçula", disse ele,
"Oh, que infortúnio imenso! Oh! Ai de mim!"

"Eu sou um desgraçado e um vilão!
Eis o que sou, e como vou negar?
Adeus, adeus, adeus, querida irmã,
Eu vou embora agora, vou pro mar."

"E quando voltarás, meu caro irmão,
Para nós, e à mansão de nossos pais?"
"Quando o gorducho for a refeição,
Ou seja, nunca mais!"

A irmã se contorceu, rodopiou,
O coração prestes a arrebentar,
E disse: "Um vai chegar todo molhado,
O outro, atrasar-se para o chá!"

No Brejo Solitário

Eu encontrei um homem muito velho
No brejo solitário;
Eu sei que sou um cavalheiro
E ele nem tem salário.
Parei e rudemente perguntei:
"Como ganhas tua vida?"
Mas a resposta não me impressionou,
Foi muito descabida.

Disse: "Eu coleto bolhas de sabão,
No meio do trigal,
Ponho as bolhas no forno, faço tortas,
Coloco pimenta e sal,

Vendo para os bravos marinheiros
Que desbravam as tormentas;
E este é meu ganha-pão, senhor;
A sorte é avarenta.
Eu pensava em multiplicar
Por dez aquela conta,
Mas sempre que voltava a perguntar,
Vinha uma resposta pronta.
Não dei bola às bobagens que dizia
Mas dei-lhe cutucão e pranchaço:
"Me diz como é que ganhas tua vida?"
E nisso belisquei seu braço.

O velho gentilmente retomou a história
E disse: "Eu ando, eu corro
E quando encontro um vale nas montanhas
Num vapt, lhe ponho fogo.
Daí fazem um caldo que eles chamam
Óleo de Macassar;
Porém, quatro tostões é só o que o fabricante
Aceita me pagar."

Mas eu pensava num projeto
Pra pintar as botinas dos clientes
De verde-musgo, para que, na relva
Ficassem invisíveis totalmente.
Dei uma bofetada em sua orelha
E perguntei de novo
E retorci sua cabeleira cinza
Com grande estorvo.
Ele disse: "Caço os olhos do hadoque
Na urze luminosa
E os transformo em botões de sobretudo
Na noite silenciosa.
Mas não vendo os botões por moeda de ouro,
Nem troco por nenhuma prataria,
E sim por um tostão, que pode comprar
Nove botõezinhos: uma ninharia.

"Na terra escavo às vezes pães de açúcar
Ou ponho isca para os caranguejos;
Às vezes busco rodas de carruagens
Nos prados benfazejos.
E assim, meu bom senhor" – piscou o olho –
"Eu ganho a minha vida;
E pra brindar vossa saúde vou secar
Dois copos de bebida."

Eu o escutei com atenção,
Tendo o meu plano já cumprido:
Lavar a ponte de Menai
Com vinho refervido.
E agradeci por suas histórias
Especialmente sua intenção
De fazer brindes com cerveja
Por minha salvação.

E se hoje por engano eu grudo
Com cola meus dois dedos
Ou se no pé direito, acaso,
Meto o sapato esquerdo;
Ou se no meio de um discurso
Ponho palavras ao contrário,
Penso naquele estranho andante
No brejo solitário.

O Palácio dos Farsantes
Casos de Mistério, Imaginação e Humor Nº 1

Sonhei que um palácio era minha morada
Onde seres molengas e molhados
Rastejavam no mármore gelado.

Odores de queijo falecido
No vento úmido e apodrecido
Despertavam espirros infindos.

E na tapeçaria espectral,
Estranha galeria fantasmal:
Os farsantes da esfera social.

Um era pedante e pretensioso
Seu grito era absurdo e poderoso
E com a peruca ele acenava, asqueroso.

E um era caduco, de cara sombria,
Que gastou sua infância em coisas vazias
Em trabalhos inúteis que lhe davam azia.

Seu peito glacial não recebia abraços,
Suas vítimas dividiam o mesmo espaço
Com o lento soluçar dos ricaços.

E um outro era o honorável Tomilho Torto
Cujas flores subiam pelas paredes do horto,
Entre heras de um poço que cheirava a peixe morto.

Todo pássaro agourento pousava nessa morada
Suas notas feriam o ar contaminado
E deixavam os andantes acuados.

Essas notas fatais tombavam, desprezadas,
Nenhuma criatura atendia ao chamado
Dos Espantalhos de Mortalhas amaldiçoados.

O fantasma andarilho se afastou,
Pra bem longe de mim logo escapou,
E uma visão fantasmagórica brotou:

Uma cama funesta com dois decrépitos anciões,
A caneta com que o advogado escrevia ficções;
Aquele que nunca mais sentirá suas respirações.

Ali, o serviçal do Senhor Ricardo Ovas
Chorava aflito, mal dos nervos:
E chorava a dama, esperando por João Cervos.

"Oh, desperte!", eu a mim mesmo falei
Essas cenas confusas não fazem sentido, eu sei
Nem sob juramento, nem perante a lei.

"Inúteis", disse a dama, "todas essas zombarias
Não passam de funestas fantasias
Que não respeitam a advocacia."

Então, ela curvou-se sobre o espantalho irreal
E chorando com uma tristeza fenomenal,
Gritou (com toda razão): Ordem no tribunal!

Recordando essa voz celestial,
"Justina" ele exclamou, sentimental
(Até mesmo o nome dela era legal).

A aurora já rompia a escuridão:
Soprava com furor o furacão,
E o vento desmanchou essa Visão.

Desapareceu a cama fantasmagórica e velha
(As cortinas, a fita; a fita que era vermelha)
Sr. Ovas e Sr. Cervos apagaram-se numa centelha.

Mas meu espírito sacode como árvore
Quando recordo (e isso, talvez, nunca melhore)
Aquele horrendo sonho dos salões de mármore!

Uma Fábula

O Califa Emir no trono está sentado,
Ele devastou sua terra e sozinho foi deixado.
Então o Brâmane Mufti veio à sua frente
Para contar-lhe uma fábula sábia e coerente:
"O senhor coruja estava pousado na galharia
Chegou o filho para contar que se casaria
Pediu a bênção e também um bom dote
Pois era o único herdeiro, o mocho-rapazote.
O pai disse: "Eu não tenho nada a oferecer
Mas se só mais um ano o Califa viver
Eu te darei, tão certo quando o destino,
Cem fazendas improdutivas e inúteis, meu menino'."
Ao terminar, olhou para o rosto do califa e viu
Que as lágrimas lhe jorravam como um rio.
Mais de uma hora passou em reflexão sincera
Depois, fez o que antes jamais fizera:
Mudou sua conduta e o povo abençoou
    (Chega de miséria e pranto)
E a terra de felicidade se inundou
    (Daqui até o mais longínquo canto.)

Moral: "Corrija sua conduta."

Conto de uma Cauda

Um velho jardineiro colhia groselhas
Numa árvore de groselhas; certo dia
Os espinhos espetavam suas mãos velhas
E nem ao menos um "ai" ele dizia.

Ao seu lado, um cão de longo rabo
"Oh, mas que cauda" tão gigante
Nem lá onde perdeu as botas o diabo
Alguém viu coisa semelhante.

A cauda tão comprida era disforme
Com pelagem cinza bem sem graça
Feita de músculo, osso e força enorme

Inadequada a um cão assim sem raça.
Da sua cauda o cão parecia ter orgulho,
Vez por outra
Levantava a cabeça e latia alto à beça.
O homem não gostava desse barulho,
E seguia seu trabalho sem ter pressa.

O cão, de tanto sacudir o rabo,
Enrolou-o nos pés do jardineiro
Deu-lhe um nó tão justo e apertado
Que quase o imobilizou por inteiro.

O jardineiro não conseguia adivinhar
O que estava prendendo suas pernas
Continuou, fatigado, a trabalhar
Furioso, com toda essa baderna.

"Mas qual o problema?", perguntou
"Eu mal consigo parar em pé."
Bebi só um pouquinho, recordou.
"Um conhaque com gotas de café."
"Dois litros de cerveja, e uma boa sopa
De uísque – na verdade até bem forte
E agora, no entanto estou caindo, opa!
Há algo errado, estou sem sorte."

Relutante, o trabalho ele encerrou
Pra investigar aquele descompasso;
Apanhou o machado e então cortou
Essa cauda perversa em dois pedaços.

E ele então se inclinou com alegria
Até ficar azul, arroxeado.
E o cão, a todas essas, só latia,
Com motivos de sobra, ali ao lado.

Moral:
"Não fique bêbado."

O Cabeça-dura

Era uma vez um certo rapaz que estava
De pé, no alto de um muro;
E a gente pela rua lhe gritava:
"Tu vais cair, eu juro."

Mas o rapaz não deu ouvidos:
Era um cabeça-dura.
Ficou ali parado e fixo,
Qual prego na armadura.

Porém um vento traiçoeiro
Soprou de supetão
E o derrubou do seu poleiro,
Bem sobre a multidão.

Muitos braços erguidos se racharam
E muita gente ali quebrou o coco.
Furiosos, todos eles protestaram:
"A teimosia deixa os homens loucos!"

Mas o infortúnio nada lhe ensinou
Como logo veremos. Noutro dia,
Por diversão numa árvore trepou,
Para ficar de pé na galharia.

A árvore era apoiada num poste
Que assim a mantinha no lugar
Os passantes gritavam: "Desencoste!
Porque esse galho aí vai quebrar!"

Mas o rapaz não deu ouvidos:
Era um cabeça-dura.
Ficou ali parado, fixo,
Qual prego em armadura.

Logo em seguida o galho se rachou
E a coisa ficou feia:
O cabeçudo despencou
Num carretão de areia.

Em vão o homem-da-areia* o procurou
Por mais de meia hora.
O estado em que por fim o encontrou
Jamais se vira outrora.

A areia quase lhe tapava a cara:
O rapaz parecia um homem-duna.
O homem-da-areia riu, fez algazarra,
Vendo o galho quebrado e a má fortuna.

*"Homem-da-areia" ou "Areeiro"
ou "Sandman" é um personagem
do folclore europeu que joga
areia nos olhos das pessoas
para deixá-las sonolentas.

"Ficar de pé num galho? Que besteira!
Tens muito o que aprender ainda, ó moço!"
Então pegou areia da carreta
E jogou um punhado no seu rosto.

O rapaz arenoso se indignou,
Seu arenoso olhar se encheu de fúria.
No homem-da-areia um golpe ele mirou
Com toda raiva. Ah, que cabeça-dura!

Logo estava no chão, nocauteado
Pelo homem-da-areia, ou por seu punho.
Só lhe restava agora esse ditado,
Pra quem quiser ouvir seu testemunho.

Moral:
"Se, como eu, teimarem os teimosos
Sem ouvir quem alerta e os aconselha,
Terão destinos duros e arenosos
E seus olhos se cobrirão de areia."

SAIBA MAIS

Lewis Carroll no espelho

Lewis Carroll nasceu em 7 de janeiro de 1832, na vila inglesa de Daresbury. Seu nome de batismo era Charles Lutwidge Dodgson, mas quando tinha 24 anos ele passou a assinar seus escritos como Lewis Carroll. De onde veio esse pseudônimo? É a tradução em latim de seus dois primeiros nomes: "Carolus Ludovicus". Uma das tantas brincadeiras (ou enigmas?) lexicais deste autor.

Carroll era filho de um reverendo e tinha dez irmãos. Desde pequeno, já escrevia versos e problemas de lógica para distrair os mais novos. Tanto que a segunda parte deste livro, "Primeiros Poemas", foi escrita em 1845, quando ele tinha apenas treze anos! Em inglês, eles foram chamados *Early verses*, ou seja, são os versos iniciais, criados para divertir seus irmãos Wilfred e Louisa, com sete e nove anos na época. Não é à toa que alguns poemas falam, de maneira cômica e exagerada, da relação entre irmãos. Alguns estudiosos da obra de Carroll dizem que ele pode ter sido influenciado pelo *Livro dos Absurdos*, de Edward Lear, pois há muitas semelhanças com essa obra, como, por exemplo, a moral "Jamais ensopes tua irmã" do poema *Irmão e Irmã*.

Lewis Carroll sempre foi criativo e inventivo, e a literatura parece ter sido um caminho para ele conseguir trilhar uma infância cheia de percalços. Pequeno, desenvolveu uma gagueira, e a condição permaneceu com ele durante toda a idade adulta, acabando por fazer parte do seu mito pessoal – incluindo a afirmação, sem provas, de que gaguejava apenas na companhia de adultos, mas falava sem problemas com as crianças. Para completar, uma febre infantil o deixou surdo de um ouvido e um surto de coqueluche aos 17 anos enfraqueceu o seu pulmão para o resto da vida. Tudo isso não impediu Lewis Carroll de se tornar um dos mais importantes escritores de todos os tempos.

Em 1850, foi admitido na Christ Church, uma das maiores faculdades da Universidade de Oxford e, formado, começou a dar aulas de matemática. No ano em que adotou seu pseudônimo, 1856, fez amizade com Henry Liddell, também professor. O vínculo se estenderia para toda a família de Liddell, e o autor criou o hábito de contar histórias para as três filhas do amigo: Lorina, Edith e Alice. Em 1864, Carroll presenteou Alice com um manuscrito ilustrado por ele e intitulado *As aventuras de Alice no Subterrâneo*. No ano seguinte, o livro foi publicado como *Alice no País das Maravilhas*, e quatro anos depois, em 1869, ele lançou seu poema mais longo, *Fantasmagoria*.

Ele nunca se casou nem teve filhos. Poucos dias depois de completar 66 anos, em 14 de janeiro de 1898, faleceu devido a uma grave pneumonia.

No ritmo da tradução

Traduzir Lewis Carroll não é tarefa fácil; se forem poemas, então, mais árduo ainda o trabalho, pois são muitas rimas, muitas aliterações, muitos recursos linguísticos. Neste livro, a tarefa coube ao premiado tradutor José Francisco Botelho e à poeta Paula Taitelbaum.

José Francisco Botelho nasceu em Bagé (RS) em 1980. É jornalista, escritor, tradutor e crítico literário. Como tradutor, já recebeu dois Prêmios Jabuti, o mais importante reconhecimento da literatura brasileira: em 2014, por sua tradução de *Contos da Cantuária*, de Geoffrey Chaucer, e, em 2017, por *Romeu e Julieta*, de Shakespeare. Como escritor, foi ganhador, em 2018, do Prêmio Açorianos de Literatura por seu livro *Cavalos de Cronos*. É autor de outras obras, entre elas, o livro de poemas *E tu serás um ermo novamente*, lançado em 2021.

Paula Taitelbaum nasceu em Porto Alegre (RS) em 1969. É escritora, poeta, ilustradora e editora. Traduziu, junto com Eduardo Bueno, o livro *Quando o 7 ficou louco*, de Bram Stoker. Como autora, tem vários livros de poemas publicados entre adultos e infantis.

Imagens em ação

Fantasmagoria e Primeiros Poemas de Lewis Carroll tem ilustrações originais de AB Frost na primeira parte e do próprio Lewis Carroll na segunda. O designer gráfico Sandro Fetter e a tradutora Paula Taitelbaum (que também é ilustradora e editora) tomaram a liberdade de fazer intervenções em algumas imagens para tornar esta edição única e especial. Em *Fantasmagoria*, os fundos foram recortados e muitas imagens multiplicadas: há personagens surgindo de cima, entrando pelo lado e brincando de cabeça para baixo; há criaturas que de repente ficaram transparentes como espectros e até garrafas voadoras que por pouco não acertam os narizes dos leitores. Já em *Primeiros Poemas*, porcos e fadas ganharam asas que não existiam; dentes pontudos, chifre e uma língua afiada surgiram para criar um monstro; barba e turbante transformaram um homem em califa. Ou seja: este livro é mesmo sem igual!

AB Frost, Arthur Burdett Frost (1851 - 1928), foi um ilustrador, artista gráfico, pintor e quadrinista norte-americano. Ilustrou o poema *Fantasmagoria* em 1883 quando ele foi publicado em uma coletânea de poemas de Lewis Carroll chamada *Rhyme? And Reason?* (*Rima? E Razão?*). Ilustrou mais de 90 livros, produziu centenas de pinturas e foi pioneiro no desenvolvimento de histórias em quadrinhos. Em 1985, seu nome foi postumamente inserido no Hall da Fama da Sociedade de Ilustradores.

Lewis Carroll, você já sabe, foi um escritor brilhante. Ele também desenhava bem, mas não chegou a ser um ilustrador profissional. Suas ilustrações costumavam acompanhar os manuscritos (textos escritos à mão) sempre que ele criava poemas e histórias para presentear as crianças. A primeira história que ele escreveu para Alice Liddell, por exemplo, também era acompanhada de desenhos feitos por ele.

TÍTULO ORIGINAL: *Phantasmagoria / Early Verses*
TEXTOS: Lewis Carroll
TRADUÇÃO: José Francisco Botelho e Paula Taitelbaum
ILUSTRAÇÕES: AB Frost (ilustrações da Parte 1);
Lewis Carroll (ilustrações da Parte 2)
CAPA E PROJETO GRÁFICO: Sandro Fetter
REVISÃO: Heloísa Stefan
PREFÁCIO: Caio Riter
128 páginas – 13,5cm X 20,5cm
1ª Edição – Impresso no Brasil

Dados Internacionais de Catalogação na Publicação (CIP)
(Câmara Brasileira do Livro, SP, Brasil)

Carroll, Lewis, 1832–1898
Fantasmagoria e primeiros poemas de Lewis Carroll / Lewis Carroll ;
ilustração AB Frost, Lewis Carroll ; tradução José Francisco Botelho ,
Paula Taitelbaum. – 1. ed. – Porto Alegre, RS : Editora Piu, 2023.

Título original: Phantasmagoria / Early Verses
ISBN 978-65-89241-16-4

1. Poesia - Literatura infantojuvenil
I. Frost, AB. II. Título.

22-125771   CDD-028.5

Índices para catálogo sistemático:
1. Poesia : Literatura infantojuvenil 028.5

Aline Graziele Benitez - Bibliotecária - CRB-1/3129

@Editora Piu, 2023
Todos os direitos desta edição reservados à Editora Piu.
Este livro segue o Novo Acordo Ortográfico da Língua Portuguesa.

Editora Piu
www.editorapiu.com.br
editorapiu@ editorapiu.com.br
facebook.com/editorapiu